森林裡的陌生人

作者 游千幸

「快起床，看看窗外！」

一早，爸爸輕輕將我搖醒。

我打了個呵欠，慢慢從床上起身走到窗邊。

窗外的景色全被白雪覆蓋了。

「我今天要到森林裡去走走，想一起來嗎？」爸爸問。

我點點頭，卻忍不住想起學校的傳言。

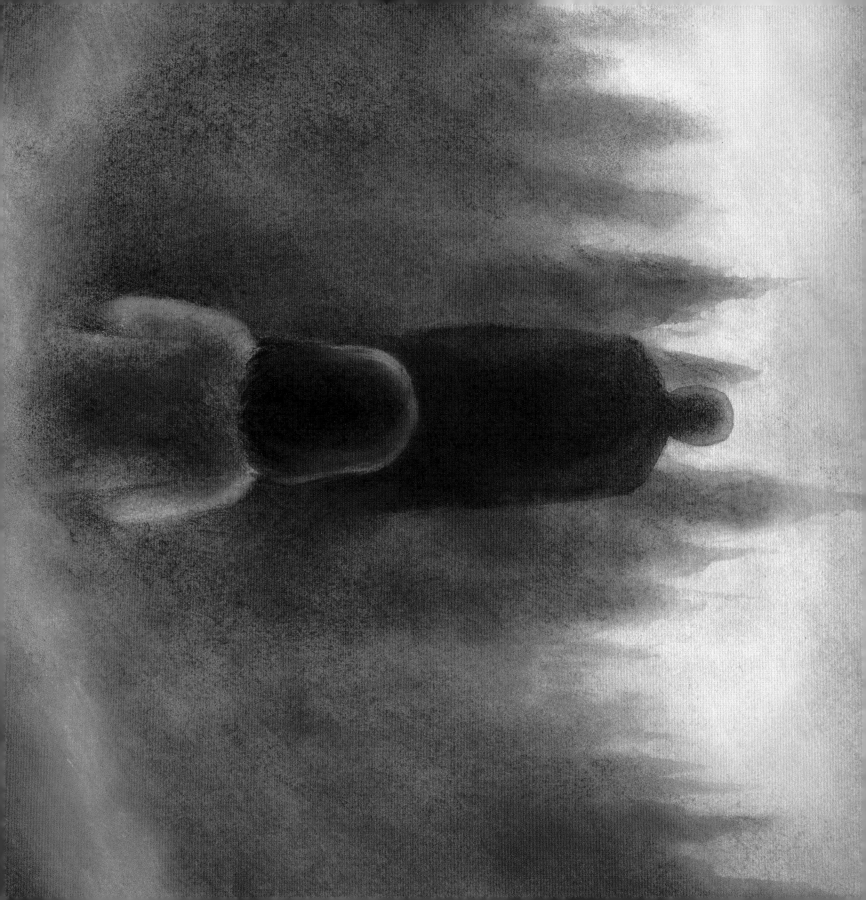

同學們說，森林深處住著邪惡的巨人。

有時候，會有人看見他來鎮上，

聽說是為了綁架小孩到森林裡去，

就連大人們都很害怕他。

我ㄨㄛˇ們ㄇㄣˊ離ㄌㄧˊ開ㄎㄞ家ㄐㄧㄚ門ㄇㄣˊ往ㄨㄤˇ森ㄙㄣ林ㄌㄧㄣˊ走ㄗㄡˇ去ㄑㄩˋ。

這是我第一次在下雪的日子裡進到森林。
空氣中的寒意讓我忍不住住頭髮抖了起來。
是著著走著，我們來到了林子深處，

那裡有一棟老舊的小木屋，而屋前有一個人影。

他披頭散髮，手裡拿著一把斧頭，正在搬運木材。

遠遠看著他高大魁梧的身形，真有些嚇人。

「哟，好久不見，這次帶孩子來了呀。快進來吧，外面實在太冷了。」

他一見到我們，便對著爸爸揮手，並用啞的聲音說著。

他開了門，讓我們進入木屋時，我抬起頭看了看他。

原來眼前這個人，就是同學們口中邪惡的巨人。

他的神情有些嚴肅，卻不像傳說中那樣可怕的樣子。

他的客廳雖然狹小，
只有一間簡單的自製桌椅，
卻非常溫暖舒適，
而牆邊的壁爐，正生著火，
發出啪啪的聲響。

「我都叫他大喬，在下雪的日子，

我會固定來這裡看看他好不好。」

他為我們泡了熱可可，

並拿起吉他，開始彈奏古老的曲調。

就這樣，窗外天色不知不覺暗了。

爸爸對我說。

準備離開前，他送了我一隻木刻的狐狸。

回程路上，我和爸爸一句話也沒說，只是在寧靜中靜靜地欣賞這片寧靜的靜的森林。

「他就是你們學校傳言中的巨人嗎，

你覺得他很奇怪嗎？」直到走出森

林，看見了我們的家，爸爸終於開口了。

我看著手中的狐狸，然後搖了搖頭。

「下雪了，聽說這代表巨人又要出來綁架小孩了，你們放學的時候要小心喔！」上學的路上，同學們正熱烈討論著關於大喬的傳言。

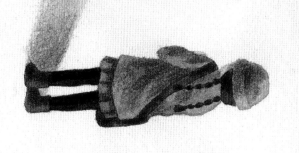

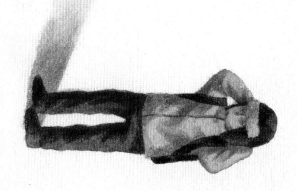

「我親自見過他了喔！」

我深吸一口氣後說。

這時同學們紛紛轉向我，

露出詫異又好奇的眼神。

「其實他啊⋯⋯」

於是，我開始說起那天的故事。

游千葦

大學主修文學，而後往愛丁堡藝術學院學習插畫。

喜歡閱讀與散步，獨自遊走於城市及大自然中，

並在文學及生活平凡小事中撿拾靈感。

著迷於用水彩及彩粉的灰調在紙上創造寧靜和諧，

以及時間凝滯但空氣仍流動的場景，

對懷舊寂寥的畫面懷有特殊的鍾情。

並執著於捕捉不同角落的光影，

但多數時候她只喜歡稱自己為一個畫畫的人。

給父母、老師、孩子們
的腦力激盪時間

一起來回答問題
完成任務吧！

回答問題

邪惡的巨人

故事裡的大高喬，他身形高大，也長得很嚴肅。

但在看完故事後，你還覺得他是個邪惡的巨人嗎？

寒冷的冬天

在寒冷的冬天，我們需要注意什麼呢？才不會讓自己感冒著涼呢？

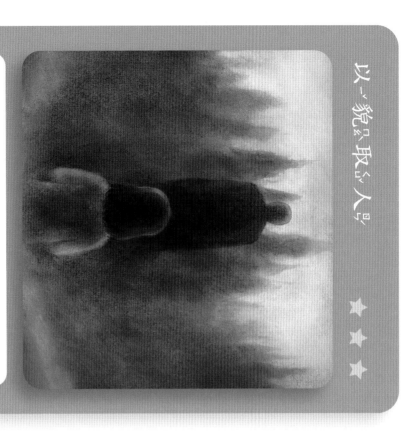

以貌取人 ★★★

看完故事後，你知道以貌取人的惡意嗎？如果你是大明高，你會不有什麼感受呢？

諾言 ★★★

諾言止於智者，知道大家高的其實是其他小朋友面前，會不怎麼跟大家說呢？

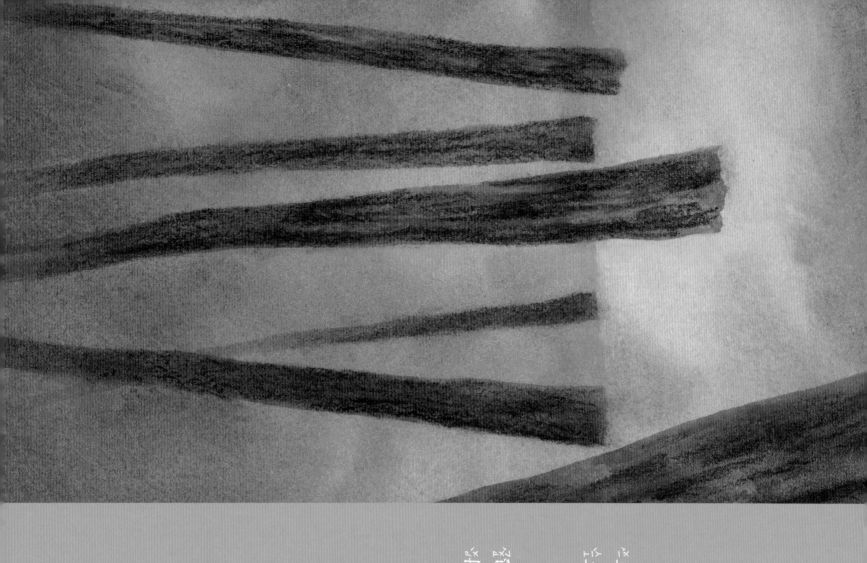

一起來數數數

在森林裡有好多好多棵樹木，一起來數數看總共有幾棵吧！

在散步的過程中留下了好多好多腳印，總共有幾個腳印呢？

森林裡的陌生人

書　　名　森林裡的陌生人

編　　劇　游千葦

插　畫　家　游千葦

封 面 設 計　游千葦

出版發行　唯心科技有限公司

地　　址：台北市松山區八德路三段247號五樓之一

電　　話：0225794501

傳　　真：0225794601

主　　編　廖健宏

校 對 編 輯　簡榆蓁

策 劃 編 輯　廖健宏

出版日期　2022/01/22

國際書碼　978-986-06893-8-9

印刷裝訂　博創股份有限公司

定　　價　500元

版　　次　初版一刷

書　　號　S002A-DYQW01

書訊編碼　0000000000030005